数码摄影的柔软时光

(日) 园江 / 著·摄影
(日) 高村步 / 绘
庞倩倩 / 译

中国青年出版社
中国青年电子出版社

前言

每天的生活都能让我们感受很多幸福。
喜欢的杂货，美味的料理，朋友的笑容。
总想把这些平凡的幸福场景定格在照片上。
如果能把当时的情感永远珍藏在记忆的宝箱里，
那该是多么美妙啊！
本书的写作意图就是帮助您收获日常生活中
点点滴滴的幸福。
拿起相机，寻找更多的幸福吧！

目 录

东京时尚街区

和奥林巴斯 E-P1 共同走过的魅力街角

摄影 园江

奥林巴斯 E-P1
M. ZUIKO DIGITAL
17mm F2.8+
皮革肩带

难得空闲，早晨的空气清新、爽朗。我带着漂亮的奥林巴斯相机出门，走过街边的杂货铺，在喜爱的 Raconte-moi（杂货店）、卖旧式杂货的 Brocante（杂货店）和店员愉快地聊天。她们每天被这些小商品包围着，显得很幸福。我向往她们的生活。她们夸奖我的相机“真不错啊！”，就这样，我度过了一个愉快的休息日。

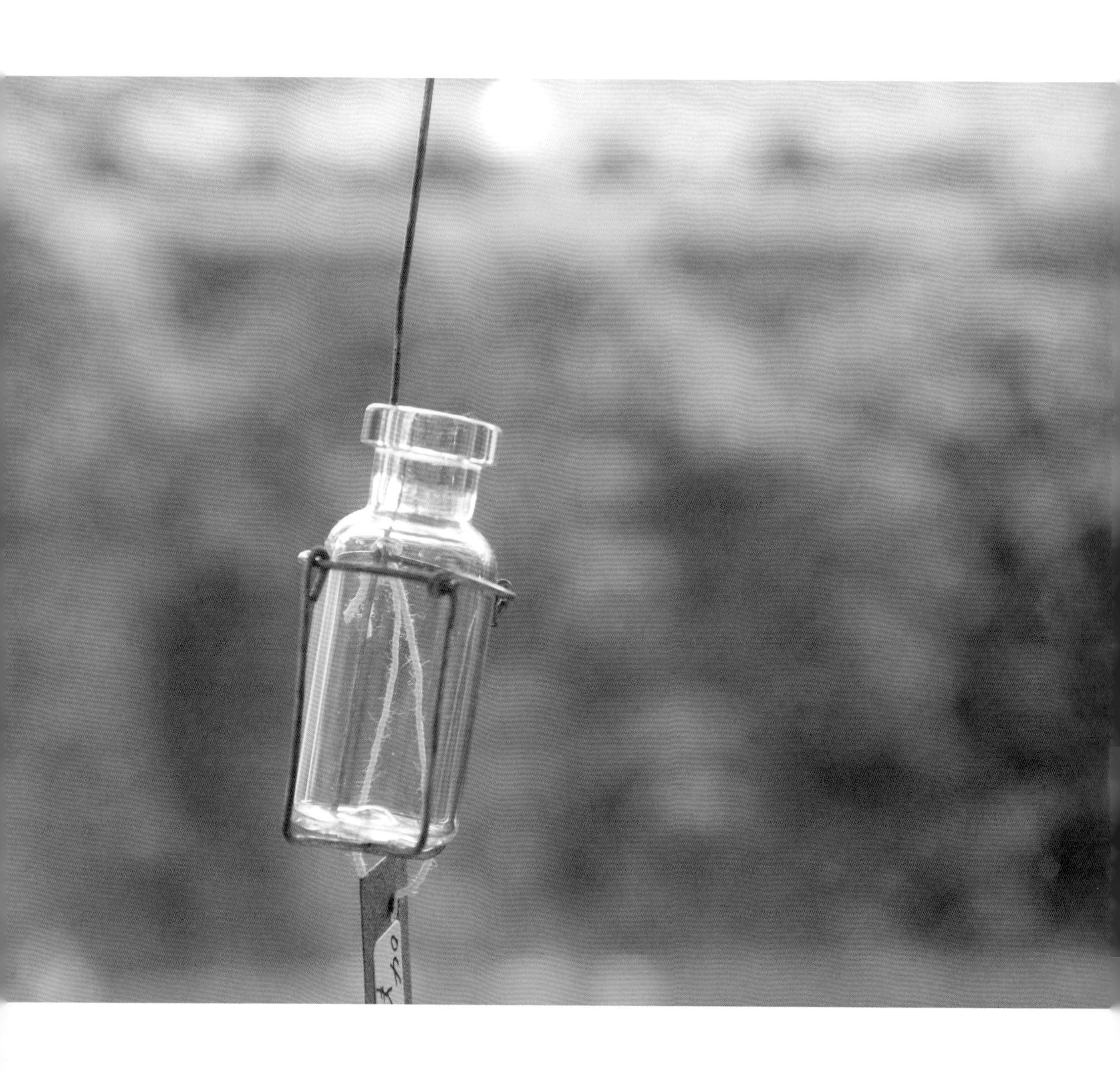

东京时尚街区

（和奥林巴斯 E-P1 共同走过的魅力街角）

RESERVE
RESERVE

午后的休闲时光，我来到中目黑区的 HUIT（咖啡店），
咖啡的香气，令人心情舒畅。
我一边不停按动快门，一边享受窗外的美景。

沿着目黑川，我来到摆放着西西里陶器的 Girasole（杂货店）。
晚餐想吃虾和意大利面，
于是我选择了 Pescatora（海鲜意大利面）。
黄昏时分，在回家的路上，我边走边拍，记录下美丽的晚景。

东京时尚街区

（和奥林巴斯 E-P1 共同走过的魅力街角）

在家中
享受美妙的摄影

摆上甜点和茗茶，我在家中度过了一个悠闲的午后。窗外暖暖的阳光射进来，在地面上形成点点光斑。如果把这样的幸福时刻拍成照片，我想效果一定会非常不错。窗户周围是很好的拍摄地点。珍藏的各种小物件、自制的点心都可以成为拍摄对象。让我们来学习各种各样的拍摄方法，享受美妙的摄影生活吧！

纤细的古典布

雨天在家中悠闲地度过。我想拍摄一些富有质感的布料，于是选择了具有红色花样和纤细感觉的古典布进行特写。我从众多布料中挑选出自己最喜欢的一种，为了强调布料的柔和，我在上面放置了一些零碎布头作为点缀。

相机：宾得K-x
镜头：FA Macro 100mm F2.8
光圈：f4.0
快门速度：自动
曝光补偿：-0.7EV
白平衡：日光
感光度：ISO800

场景布置图示

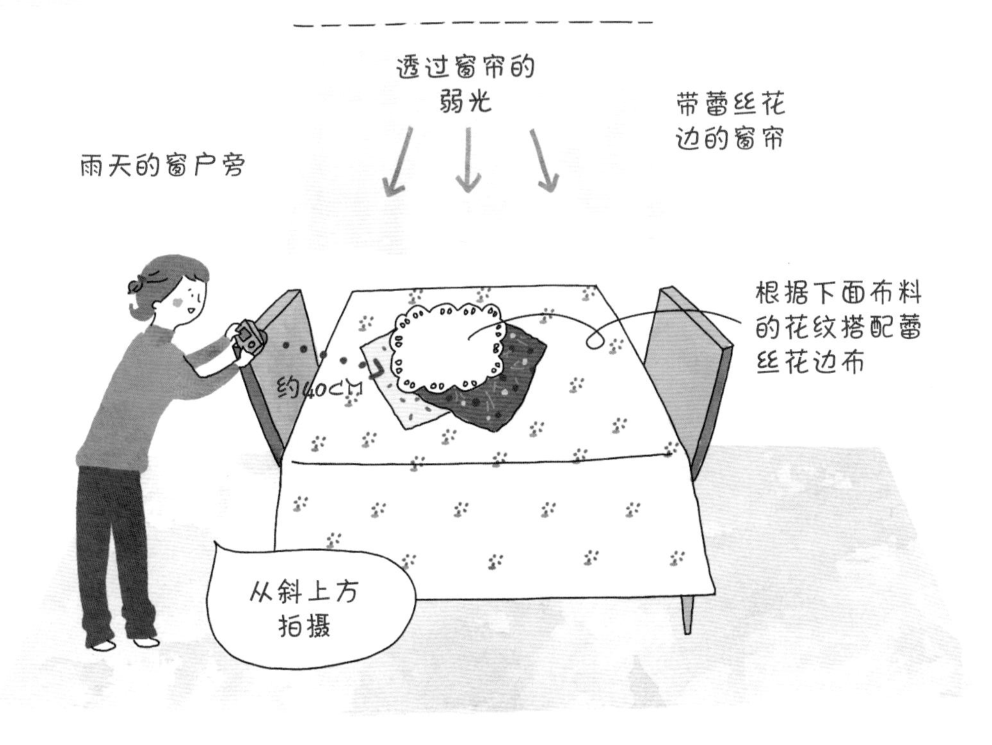

Photo Lesson

Lesson 1

拍摄随意摆放的蕾丝花边

日常生活中随意摆放的服装、布料通过巧妙地拍摄会使它们看起来很有感觉。蕾丝的褶皱程度可以通过纵向构图表现出来。

point

- 注意布料的质感和颜色的搭配。
- 利用阴雨天的柔光体现布料的柔软。
- 可以放在餐桌上，也可以用衣架撑起来。通过改变角度，拍摄出衣服的各种形态。

※关于“侧光”请参照73页；
关于“柔光”请参照77页。

Lesson 2

发挥墙壁的作用

当服装的颜色比较单调时，可以将墙壁作为背景，并减少衣服在画面中所占的面积，留出一部分空间。此外，还可以使用侧光来突出服装的立体感。

漂亮的西餐具

古典西餐具很可爱，从上向下拍摄可使碟子的形状和花纹图案清晰可见。可以放入自制的蜡烛和玫瑰花，这样不会显得单调。另外，加入不同花边的碟子可使画面更加丰富。当我开始拍摄时，好主意就会不断涌现，摄影也变得更加有趣。

相机：宾得K-x
镜头：DA18～55mm F3.5-5.6
光圈：f8.0
快门速度：自动
曝光补偿：0EV
白平衡：日光
感光度：ISO400

Lesson 1

重复的美

我选择从侧面拍摄圆圆可爱的牛奶咖啡杯。从水平稍偏上的角度拍摄，恰好露出杯子内侧的一点红边，这样效果更好。另外也可以在旁边放一个同样的杯子，好像要一直排列下去，给人想象的空间。

point

- 结合容器的形状，寻找最合适的拍摄角度。
- 给容器增加点缀，使画面看起来更丰富。
- 让相同容器的一部分出现在画面中，使照片具有重复、延续的美。

场景布置图示

家庭料理

朋友用心准备的料理总是那么美味，而此时正是相机大显身手的时候。先把餐桌布置漂亮，然后利用窗外的光线，寻找最佳角度进行拍摄。一般来说逆光的拍摄效果最好。当然还要移动料理，以寻找最佳构图。“迅速拍摄是让料理看起来更加美味的秘诀”——这一点最重要。

相机：奥林巴斯E-P1
镜头：ED14～42mm F3.5-5.6
光圈：f4.5
快门速度：自动
曝光补偿：+0.7EV
白平衡：自动
感光度：ISO400

Lesson 1

餐桌摆设

摆放在餐桌上用于拍摄的料理，颜色最重要。红、绿和其他鲜艳的颜色能使餐桌显得更华丽。如果料理本身的颜色不够丰富，可以搭配颜色鲜艳的饮料。

- 注意餐桌上各种摆设的颜色搭配。
- 注重表现料理刚做好时的光泽感。
- 尝试从各种角度近距离拍摄。

Lesson 2

热腾腾的蒸汽

袅袅升起的热气是使料理显得美味的原因之一。以较暗的地方为背景拍摄刚做好的料理，就能清晰地看到白色蒸汽。

场景布置图示

厨房用具

即使是最普通的厨房用具也能成为出色的拍摄对象。把干净的量杯放在桌上，透过蕾丝花边窗帘射进来的光线使量杯显得更加透明，闪闪发光。格子桌布的运用更增添了画面的层次感，快拍下这美丽的一刻吧！

相机：尼康D700
镜头：ED105mm F2.8G
光圈：f11.0
快门速度：自动
曝光补偿：+1.7EV
白平衡：自动
感光度：ISO400

场景布置图示

Photo Lesson

Lesson 1

多件厨具组合拍摄

以其中一件为主角进行对焦拍摄，利用虚化效果使简单的厨房用具也能变得华丽。注意对焦在厨具发光的位置。

- 观察各式厨房用具同时考虑构图。
- 安排两三件用具，尝试各种摆放位置。
- 用逆光或侧光拍摄金属制品，以捕捉反射光。
- 玻璃制品要表现其透光性。

※ 关于“逆光、侧光、透光性”请参照73页；关于“虚化”请参照82页。

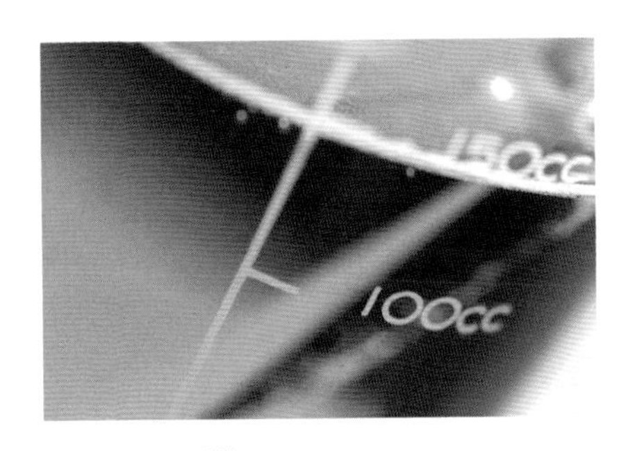

Lesson 2

给量杯加入饮料

如果想表现透光性，强调透明质感，可向量杯中加入啤酒。拍摄时，使液体漫过量杯上的刻度数字可使画面显得精巧可爱。

自制点心

如果想制作笑脸饼干，可先在纸上画出草图。圆圆的、有趣的脸蛋画好之后，就可以按照草图制作。在制作好的点心上撒上花朵，注意碟子和桌布的颜色要充分协调。为了使水平放置的点心更加引人注目，可以把碟子的一端稍稍抬起，朝向相机的方向。

相机：尼康D300
镜头：ED17～55mm F2.8G
光圈：f3.2
快门速度：自动
曝光补偿：+0.3EV
白平衡：直射阳光
感光度：ISO400

场景布置图示

Photo Lesson

Lesson 1

可爱的饼干

可以让拿着饼干的手也进入画面，或者把饼干竖起来。不断变换角度，以充分表现小饼干可爱的样子。

- 自制的点心如果看起来像幅画会非常有趣。
- 不仅是点心，周围的各种小物体也可以呈现出可爱的画面。
- 拍摄扁平的点心可以把碟子底部稍微抬起，以获得更好的视角。

Lesson 2

利用碟子的颜色使点心更加醒目

为了凸显大象的形状，可把饼干放在黑色碟子中。不过全黑的背景显得有些单调，可以在旁边放些小花，为画面增添一些活力。

蛋糕组合

下午茶的时光总是让人感到悠闲、惬意。窗外阳光斜射，根据蛋糕的颜色，在能够体现出立体效果的位置放置碟子。拍摄的难点是使黑色的巧克力蛋糕和浅黄色的裱花蛋糕能够同时准确曝光。像上面照片中两种蛋糕的色调有明显差异的时候，请把黑色蛋糕放在更靠近光线入射的位置。

相机：奥林巴斯E-P1
镜头：ED14～42mm F3.5-5.6
光圈：f4.9
快门速度：自动
曝光补偿：+0.7EV
白平衡：自动
感光度：ISO400

场景布置图示

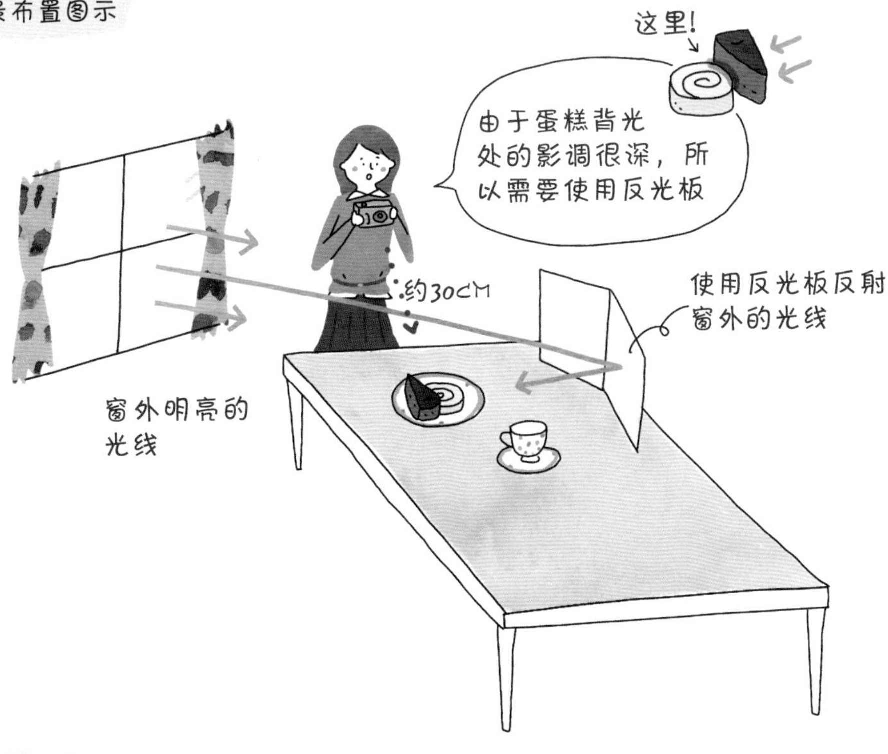

Photo Lesson

Lesson 1

巧克力蛋糕

拍摄巧克力蛋糕时需要使用反光板或小镜子反射窗外的光线进行照明，以使其显得更加明亮。因为对于深色蛋糕来说，稍微增加一些亮度会使蛋糕显得更加美味可口。

制作简单的反光板

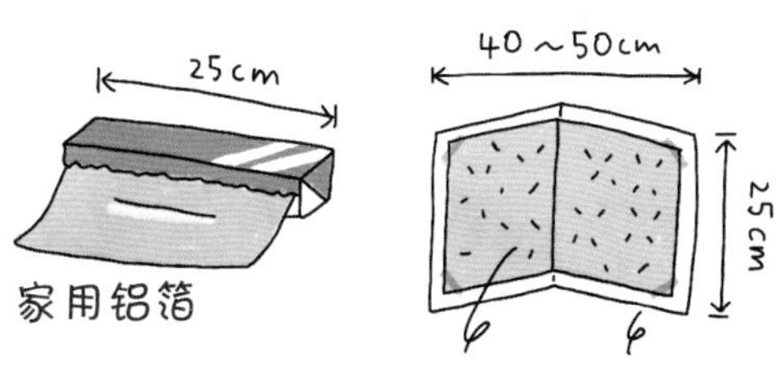

A3大小，稍厚一点的纸。把铝箔粘贴在纸上。

四周用胶布固定

- 浅色和深色蛋糕同时拍摄时使深色蛋糕更靠近光源。
- 利用窗外斜射进来的光线可产生立体感。
- 出现影子的部分用反光板补光。

※ 关于"侧光"请参照73页；关于"偏白、偏黑物体的摄影"请参照85页。

Lesson 2

装饰蛋糕卷

蛋糕卷外形简单，为避免单调，可在上面放些果酱和水果，并在碟子里摆些花作为装饰。这样可以为画面增添一些华丽感。

喜爱的饰品

为了拍摄放在玻璃陈列柜里的饰品，我用一个复古风格的装饰框与它搭配，并采用纵向画幅拍摄。我有意不让垂饰的链子进入画面，而是使用微距镜头只对垂饰顶部进行特写。蓝色绣球花的点缀能够更好地表现粉色玫瑰的华丽主题。拍摄这张照片的关键是要把镜头贴近玻璃，这样画面中就不会出现玻璃的反光。

相机：尼康D700
镜头：60mm F2.8G
光圈：f3.2
快门速度：自动
曝光补偿：-1EV
白平衡：直射阳光
感光度：ISO800

场景布置图示

Photo Lesson

Lesson 1

利用吊灯的映射作用

在圆形玻璃上摆放闪闪发光的耳环，然后左右移动相机，寻找吊灯光线形成的光斑正好映射在玻璃上的角度进行拍摄。

point

- 用微距镜头拍摄饰品中最想展示的部分。
- 把饰品放在显眼的地方。
- 使用具有复古风格的书籍和装饰框作为装饰可提升画面的华丽感。

※ 关于"微距镜头"请参照80页。

Lesson 2

装饰花

在古旧书籍或卡片上随意摆放一些装饰花，可使画面充满古典美的气息。

黎明时分窗边的动物玩偶

清晨，窗外的天空淡蓝、清澈。窗边的动物玩偶在屋外淡蓝色的天空和屋内微弱的灯光下显得梦幻、时尚。拍摄时将白平衡设置成白炽灯模式，可使画面呈现偏蓝色调。打开窗户，利用长焦镜头虚化远处的信号灯和车灯，闪闪发光的梦幻感觉就出来了。

相机：宾得K200D
镜头：FA MACRO 100mm F2.8
光圈：f2.8
快门速度：自动
曝光补偿：+1EV
白平衡：白炽灯
感光度：ISO1600

场景布置图示

Photo Lesson

Lesson 1

混合光源

拍摄同样的玩偶，改变白平衡的设置照片氛围就大不相同。在自动白平衡模式下，室内灯光和室外自然光的混合光线得到了适当的调整，使画面呈现另一种色调。调整光线的照射位置，使高光出现在玩偶后方，以凸显玩偶脸部以及星星和月亮的轮廓。

point

- 黎明、傍晚时分，在家中以窗外为背景拍摄，能拍出很有氛围的照片。
- 改变白平衡设置，拍摄对象的色调会产生变化，给人想象的空间。
- 改变光线的照射角度会产生不同的效果。

※关于“白平衡”请参照88页。

窗台上的杂物

窗台上摆放了各种各样的杂物，它们也可以成为很好的拍摄对象。从正面水平角度拍摄，可以更好地表现窗台的空间。利用窗外柔和的光线和室内灯光共同营造出一个温暖的氛围。将白平衡设置为荧光灯模式，为画面加入少许品红色，使画面显得更加温馨、可爱。

相机：宾得K-m
镜头：DA 70mm F2.4 Limited
光圈：f2.4
快门速度：自动
曝光补偿：+1.5EV
白平衡：白色荧光灯
感光度：ISO800

场景布置图示

Photo Lesson

Lesson 1

利用窗框

以窗外的绿色为背景，拍摄窗边垂下的花环和饰物。取景时确保窗框横平竖直，看起来就像相框一样。

point

- 在拍摄的窗边或墙壁上寻找四方形的框架，可为画面增添形式美感。
- 将窗外的自然光线和室内的灯光结合使用，可拍摄出更有氛围的照片。
- 改变白平衡，可调整画面的整体色调和氛围。

※关于"白平衡"请参照88页。

Lesson 2

复古的文具

复古的文具笼罩在窗外自然光和室内灯光形成的混合光线下，偏红的色调更好地体现了画面的复古效果。

杂物架上的摆设

桌上的杂物架里摆放着日常生活的必需品，显得精巧可爱。这一空间也可以变身为出色的拍摄对象，因为这些小物件具有独特的魅力。穿过亚麻窗帘的柔和光线充满了整个室内，使白色墙壁的房间显得更加明亮。在这种情况下，应把白平衡设置成日光模式而不是自动模式，些许的琥珀色可以为画面增添一种独特的韵味。

相机：尼康D700
镜头：28～75mm F2.8D
光圈：f2.8
快门速度：自动
曝光补偿：0EV
白平衡：直射阳光
感光度：ISO800

Lesson 1

从斜上方拍摄

不拍摄整体，选择架子上的一些小物件从斜上方拍摄。每个小物件都各具特色，这种拍摄角度可以表现其独特魅力。

point

- 选择杂物架的一部分进行拍摄，能够使画面具有空间感。
- 白平衡选择日光模式能够呈现出物体的本色。
- 表现出每一个物体与众不同的地方。

※ 关于"白平衡"请参照 88 页。

场景布置图示

光与影的布局

漂亮可爱的小物件很有魅力，而高雅厚重的摆设更加出色。锈迹斑斑的铁板书桌能使人联想到使用者经历的沧桑岁月。从窗外射进来的强光使物品产生明显的阴影，增强了画面的立体空间感。为了表现出厚重的感觉，可进行负向曝光补偿。

拍摄参数

相机：尼康D700
镜头：28～75mm F2.8D
光圈：f2.8
快门速度：自动
曝光补偿：-0.3EV
白平衡：直射阳光
感光度：ISO800

场景布置图示

Photo Lesson

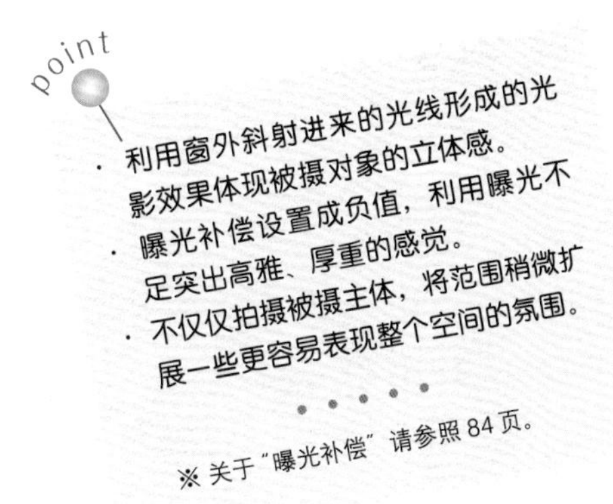

Lesson 1

在铁板上留出空间

使桌上的空白部分进入画面能体现出整个空间的寂静感。同时，在画面中创造这样一个空白空间，便于制作明信片时写入文字。

小猫的眼睛

小猫圆圆的眼睛凝神注视，可爱得无法形容。要想拍出这样的效果，首先在沙发上铺上花布，然后布置一些鲜花和小物件用来衬托猫咪的可爱，最后用玩具把小猫引到沙发上。为了表现小猫黑亮的眼睛，我们需要用到闪光灯，但不要直接对着小猫闪光，而应利用天花板的反射光。

相机：尼康D700
镜头：24～70mm F2.8G
光圈：f4.0
快门速度：1/250秒
曝光补偿：0EV
白平衡：闪光
感光度：ISO400
※ 使用外置闪光灯 SB-900

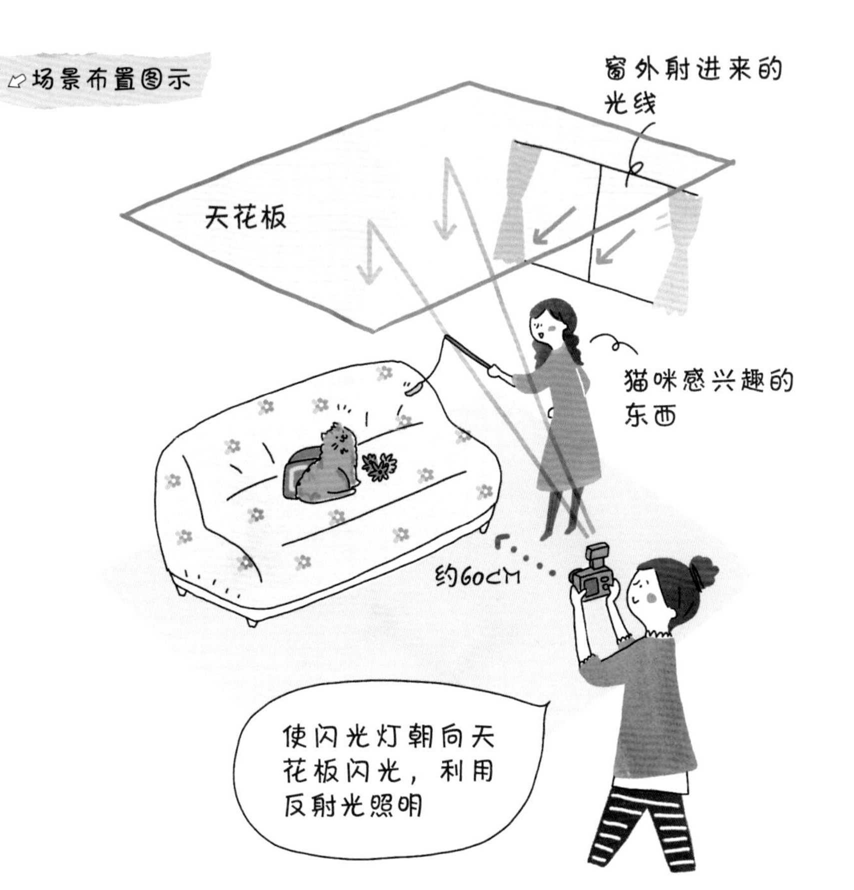

尼康外置闪光灯 SB-900

Photo Lesson

Lesson 1

篮子里的小猫

把还在蹒跚学步的小猫放在大一些的篮子里，在它刚露头的时候迅速抓拍可获得很棒的效果。这种抓拍在小猫刚睡醒的时候比较容易成功。

Lesson 2

把头稍稍抬起突出眼睛

为了突出小猫明亮的黑眼睛，可以设法让它抬起头。为了突出眼睛以外部分毛茸茸的感觉，可使用大光圈虚化背景。

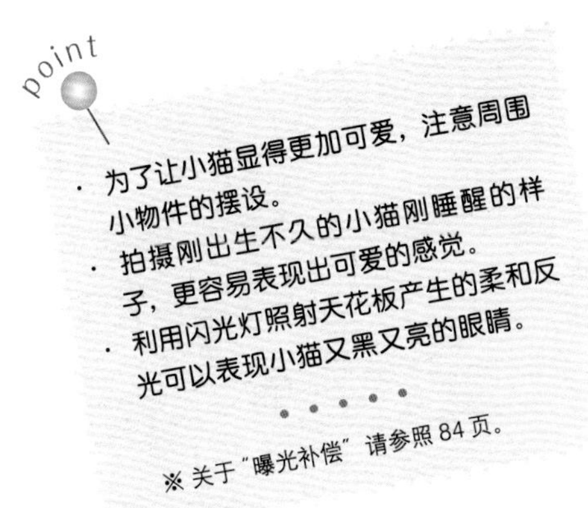

point

- 为了让小猫显得更加可爱，注意周围小物件的摆设。
- 拍摄刚出生不久的小猫刚睡醒的样子，更容易表现出可爱的感觉。
- 利用闪光灯照射天花板产生的柔和反光可以表现小猫又黑又亮的眼睛。

※关于“曝光补偿”请参照 84 页。

狗狗的家庭照片

这是一张充满情趣的照片，德国小猎犬兄弟姐妹们并排坐在沙发上拍摄“家庭纪念照”。为了抓住转瞬即逝的机会，拍摄者需要提前把镜头对准沙发，确定好取景范围以及各项拍摄参数，然后由主人在镜头旁用食物逗引以吸引狗狗们的注意力。照片中央的狗狗相当有个性，遇到这样的有趣瞬间我们应当果断地按下快门。

相机：尼康D40X
镜头：ED17～55mm F2.8G
光圈：f4.5
快门速度：自动
曝光补偿：-0.7EV
白平衡：直射阳光
感光度：ISO400

场景布置图示

Photo Lesson

Lesson 1

拍摄狗狗睡觉的样子

本以为狗狗还能精神十足地跑一会儿，没想到它已经睡着了。这时是最好的拍摄时机，狗狗不会乱动，我们可以慢慢构图，抓住最可爱的表情进行拍摄。

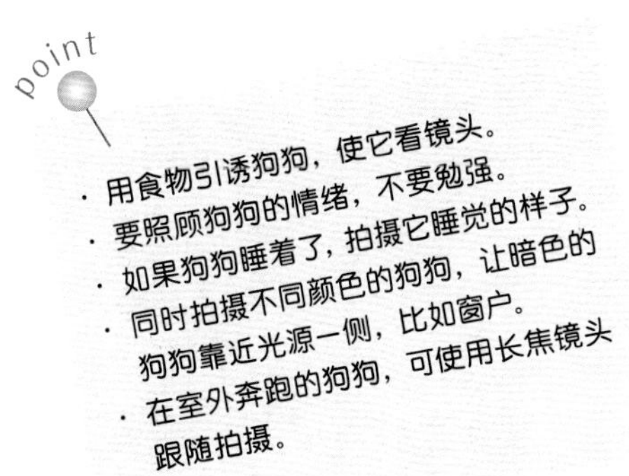

Lesson 2

在外面运动的照片

如果已打完所有疫苗，可以把狗狗带到户外拍摄一些运动的照片。最初可使用变焦镜头，一边散步一边抓拍。如果它已经习惯了室外摄影，可以使用长焦变焦镜头拍摄它奔跑的样子。

蜡烛和花的组合

拍摄摆放在桌上的蜡烛和花，为了体现温馨的氛围，可搭配蕾丝花边布。使相机倾斜，或只选取碟子的一部分进行拍摄，这样可以使画面产生动感和空间感。把镜头对准绣球花，利用虚化效果会使画面显得更加柔和。调整光圈，并利用显示屏的回放画面确认背景的虚化程度，然后再次拍摄，直到获得满意的虚化效果。

相机：尼康D700
镜头：28～75mm F2.8D
光圈：f4.0
快门速度：自动
曝光补偿：0EV
白平衡：自动
感光度：ISO800

▱场景布置图示

Photo Lesson

Lesson 1

在背景中安排其他组合

在背景中加入玫瑰花会显得更加华丽。焦点对在前面的景物上，通过虚化玫瑰花体现出深邃感。

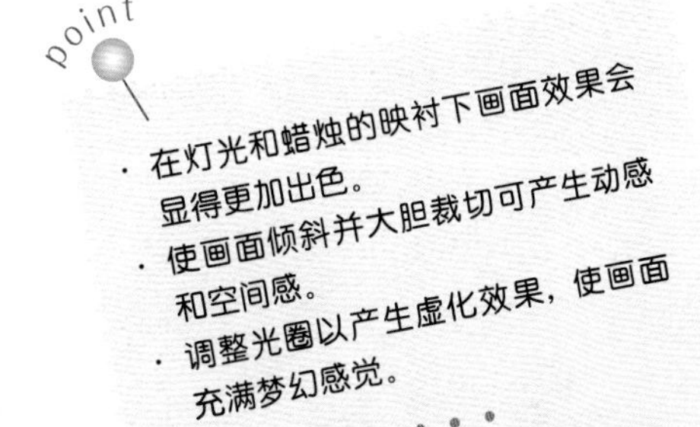

Lesson 2

拍摄花朵的特写

还有一种拍摄花朵的方法是利用微距镜头拍摄特写，可以将花朵的细节表现得更加清晰。

绿色带来清爽气息

阴天时，窗外的光线很柔和，是拍摄庭院的好时机。而晴天时，在日光直射的地方，光线太强，容易产生影子，不适合拍摄整个庭院，不过在背阴处却可以拍得很漂亮。通过自制的窗框可以看到外面绿色的植物，感受到清爽的气息。

相机：宾得K-7
镜头：DA★55mm F1.4 SDM
光圈：f4.0
快门速度：自动
曝光补偿：+1EV
白平衡：日光
感光度：ISO200

Lesson 1

选取院子里的小物件

要拍摄庭院中摆放的各种杂物，可将它们放在绿色植物中，或者在前面摆放鲜花作为前景，然后使用大光圈获得极浅的景深，这样拍出来的照片效果绝对独一无二。

point

- 天空中有淡淡的云时，日光会比较柔和，这时的拍摄效果最好。
- 只想表现拍摄对象的一部分时，可使用大光圈使其余部分产生虚化效果。
- 把花和绿色植物放在前景的位置上并虚化，可使画面显得可爱动人。

※关于"柔光"请参照77页；
关于"光圈、虚化"请参照82页。

场景布置图示

我的草图 利用一盏灯拍摄漂亮的照片

晚上在家中享受摄影

晚上在温暖的家中，即使只用一盏灯我们也能拍出好照片。准备一盏台式日光灯或者带夹子的白炽灯，在白色墙壁前放置书桌。如果天花板或墙壁能够很好地反射灯光发出的光线，说明准备成功。另外需注意一下白平衡的设置，使用白炽灯时设置为白炽灯模式，使用日光灯时设置为荧光灯模式。

拍摄参数

相机：尼康D40X
镜头：VR55～200mm F4-5.6G
光圈：f8.0
快门速度：自动
曝光补偿：0EV
白平衡：白炽灯
感光度：ISO200

①

②

③

Lesson 1 使用反光板改变物体的质感

上面三张照片中，光的照射方法不同，画面效果也明显不同。①没有使用反光板，画面整体显得有些暗，缺乏细节；②使用白纸进行反射，画面过于明亮了，白鸟仍然缺乏细节；③使用自制的铝箔反光板从左侧进行反光，光线亮度适中，白鸟呈现出较好的立体感。

point

- 准备白炽灯或台式日光灯。
- 在白色墙壁前准备好桌子。
- 让灯光朝向墙壁或天花板，进行反射照明。
- 白平衡设置为相应的灯光模式。

※关于"自制铝箔反光板"请参照25页；
关于"白平衡"请参照88页。

场景布置图示

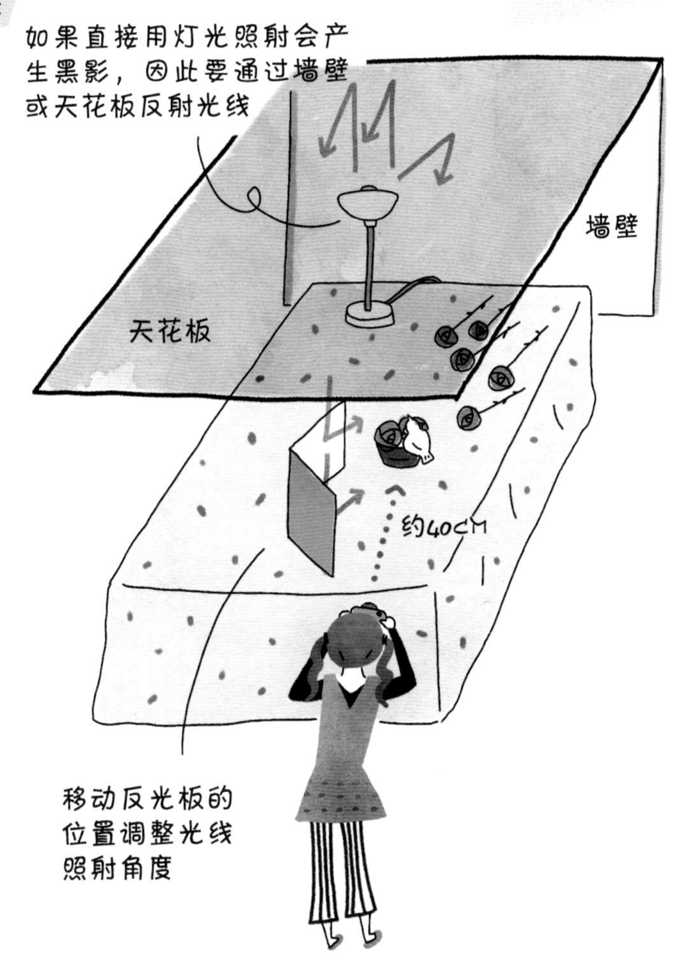

享受美妙的室内照片

(à la carte 西餐店)

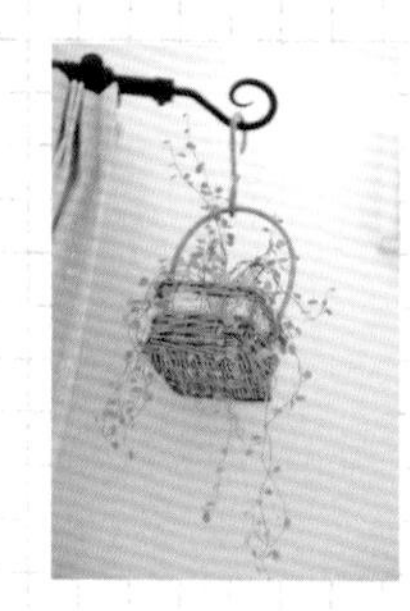

居室中总有很多让人喜爱的小物件,
开动脑筋利用各种装饰手法表现这些小物件的特别之处,
并将它们拍摄下来,获得出色的照片。
快拿起相机寻找自己喜欢的小物件吧!

CORONA

巧妙使用照片装饰房间

顾问 佐藤贵予美

家是最随意的场所，最舒适的空间。
有没有想过用自己拍摄的照片装饰自己的家，
让它变得更加漂亮温馨？
我们请来了室内装饰专家佐藤贵予美老师，
给我们讲讲如何利用照片把房间装饰得更漂亮。

利用市场上销售的相框

购买市场上销售的相框

市场上销售的相框可以用涂料进行重新改造，框架的大小和种类可以根据自己的喜好来选择。古老的木质相框也很有意思，重新包装一下就可以产生具有复古气息的相框。

重新包装相框

需要准备蜡和白漆。BRI胶状蜡的包装效果最好，最能烘托氛围，在网上可以买到。白漆的亲水性和亲油性都很好，能够把闪闪发光的奖状框架变成古色古香的复古相框。

相框与墙壁的组合

在重新包装的相框中放入喜爱的玫瑰花照片，作为背景的墙壁上可以搭配一些宝丽来风格的照片。不要贴得太多，注意留白的运用。由于还搭配了复古的蕾丝花边布，使画面充满华丽、古典的感觉。

利用柜子侧面

柜子、抽屉的侧面也可以用照片装饰，明信片、宝丽来的小照片最合适。你可以选择各种各样的照片尽情搭配，也可以贴上标签和购物卡作为装饰。

非常规的摆放方式

在墙壁上挂一个暗钩，把相框倾斜放置。照片不要规矩地放在相框中，稍微露出来一些会显得更有个性。由于相框以非常规的方式放置，因此需要考虑照片在相框中的摆放以及相框外部的装饰，注意把握整体的平衡。

玻璃柜里也是装饰空间

陈列着各种饰品的玻璃柜也可以用照片来装饰，可以在靠墙壁的一面贴上照片。为了配合闪闪发光的饰品，可以选择一些色调沉稳的照片来装饰。把多张尺寸合适的照片拼合起来，使它们看起来就像一张完整的大照片，这样的效果最好。

自制粘贴画

把喜爱的照片、卡片以及票据等满载回忆的物品粘贴在一起，然后放进复古的框架。打印照片时可使用绘画纸，并用溶解了少量咖啡的液体为其着色。淡淡的色彩中，女孩儿的笑容显得更加美丽、可爱。

瓶子里的照片

在大一点的透明玻璃瓶中放入照片可以使其成为很有个性的装饰品。可以在瓶中放入多张照片，但要确保所有照片都能被看到，更重要的是照片的颜色一定要丰富，这样才能烘托出整体的氛围。

佐藤贵予美的 URL: 自然色的生活～自制家具 http://petipetit.exblog.jp/

享受在家中打印照片的乐趣

顾问　吉田靖子

经过一段时间的拍摄，我们的电脑硬盘中一定存储了大量照片。
使用打印机，在家中把它们打印出来，作为礼物送给家人、朋友，让大家分享你的作品。
通过这种方式可以享受到照片带给我们的更多快乐。
手工艺品创作者吉田靖子老师向我们介绍了一些在家中打印照片的方法。

打印机

带有扫描功能的打印机

在家中使用具有无线局域网和扫描功能的打印机将会非常便利。扫描功能可以在DIY制作中发挥作用，扫描的复古信纸和蕾丝花边布可以作为粘贴照片的底版纸。

爱普生的多功能打印机EP-802A，可以打印A4范围内的各种照片，时尚的造型与房间很相配。

可以欣赏幻灯片的打印机

在家中打印的乐趣之一是可以和朋友一起挑选照片。这时候，爱普生E-600便携式打印机就可以发挥威力了。它体型虽小，却拥有7.0英寸的大型彩色液晶屏幕，可作为电子相框进行照片放映。放映过程中还可对中意的照片进行选定，待放映结束后统一打印。

明信片大小的日历

来尝试一下制作明信片大小的日历吧！寻找可以制作日历的东西，然后和自己喜欢的照片一起打印。装饰的时候也要下一番功夫，利用具有扫描功能的打印机，扫描复古的信纸或蕾丝花边布，然后用普通A4纸打印出来，贴在较厚的硬卡纸上，用带有蝴蝶结的夹子夹起来就完成了。

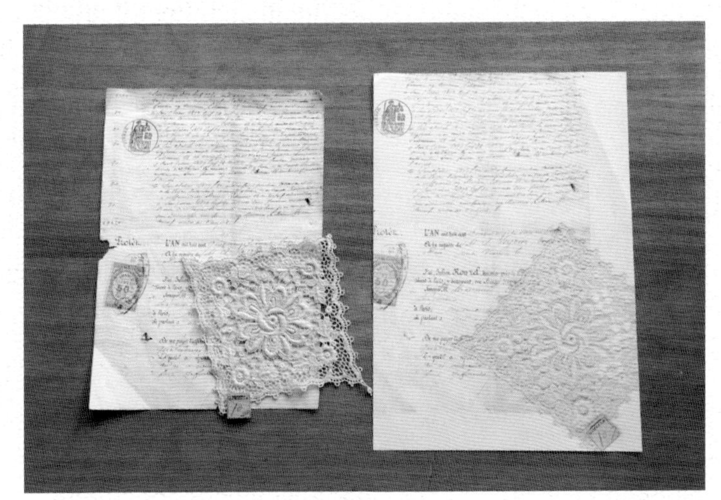

左边破旧的信纸和蕾丝花边布，经过扫描、打印出来之后就是右边的样子。

台历

制作台历的步骤和日历一样，先扫描素材，然后打印。不同之处是台历的大小是日历的一半，即半个明信片大小，因此打印时要选择“将 A4 纸分成两部分”。将较厚的硬卡纸折成三段，使其能够立在桌面上，在其中一面可贴上角贴或加上套子作为装饰。如果将其作为礼物送人，还可以附上丝带和便签，会显得更加华丽。

左边已泛黄的便签，经扫描打印之后就是右边的样子。

光滑的明信片

把漂亮的照片做成明信片送给朋友吧！在A4纸上扫描可爱的图案，然后打印出来贴在厚卡纸上，和明信片一起放在透明的袋子里，再系上彩色细丝带，完成！

用自制的相框来装饰

根据自制的相框扫描信纸和邮戳的图案。如果想体现蜡纸的质感，可以轻轻涂一些茶色的蜡，然后粘贴在和相框尺寸大小吻合的厚卡纸上。使用角贴固定住明信片。

用蜡体现信纸的质感，并贴上角贴。

制成卡片或者用来装饰都OK

通过打印机的版面印刷功能用相片纸制作卡片。用亚麻布包裹的卡片充满自然、清新的风格。当然也可以贴在扫描出来的底纸上，放进相框里，同样很漂亮。

使用扫描之后的打印纸

把明信片放在印有邮戳的透明袋子里作为礼物送人，对方一定会很高兴的。另外，扫描自己喜欢的布料和纸张，再打印出来，就可以制成风格独特的底纸，涂一层蜡可使它更结实。用来作为相册的封皮一定非常出色。

吉田靖子的 URL:AT Y's http://atelys.incoming.jp/

把朋友和家人拍得更漂亮

最亲爱的家人和朋友，一张张笑容洋溢的照片，这些美好的回忆是一生的纪念。如果能把这些珍贵的照片拍摄得更加动人，一定会感到加倍的幸福。无论是在精心准备下拍摄的照片，还是日常生活中不经意间的喜怒哀乐，都是弥足珍贵的画面。让我们好好珍惜身边的每一个人，用心留住那美好的瞬间吧！

朋友之间
快乐拍照

和朋友一起出去游玩，记得在包里放一部相机。这样在吃饭的时候，逛街的时候就可以拿出来拍照。如果能把朋友拍得可爱动人，她会感到这是一种乐趣，说不定下次一起游玩的时候，会主动请你为她拍照呢！

富士胶卷 Fine Pix S5pro · 24~70mm F2.8G ED · f4.0 自动（+1EV）

1 初夏的阳台洒满令人惬意的阳光。和朋友一边享受美食，一边拍照。白色的餐桌反射出柔和的光线，正好起到反光板的作用。坐在桌旁脸部会被照射得很明亮，我们可以捕捉到美丽动人的笑脸。

2 在公园拍摄下朋友读书的一幕，这种于不经意间拍摄的生活照十分讨人喜欢。

3 逛街时捕捉到朋友发现漂亮衣服的瞬间："啊，真漂亮！"。构图时应注意橱窗和人物比例的平衡。

有纪念意义的家庭照片

和家人一起拍的照片，多年之后再拿出来翻看，当时的情景仍然历历在目。你是否也有过这样的经历？因为这些照片唤醒了我们脑海中爱的回忆，这时我们就会体会到照片的珍贵。如果能通过一张照片感受到永不褪色的家庭之爱，那将是多么美妙啊！

尼康 D700·28 ~ 75mm F2.8D·f5.6 自动（+0.3EV）

摄影者拍摄下孩子在爱的呵护下幸福成长的瞬间。利用中焦镜头使绿色的背景虚化，烘托出自然的氛围。如果是一家人单独旅行，可以把相机放在三脚架上，利用自拍模式来拍摄。在等待相机拍摄的过程中，不要一个劲儿地凝视相机，大家可以很随意地聊天，这样拍摄出来的效果会更加生动、自然。

2

一岁的孩子一定会对相机感到新鲜好奇，会一直盯着相机看，拍摄时可以把相机的焦点对准孩子黑亮的眼睛。

3

最喜欢骑在爸爸的肩上！孩子们喜欢被高高举起，喜欢在高处看世界的感觉。抓住这样的瞬间，一定能拍摄到孩子的笑脸。

捕捉孩子的可爱表情

哭、笑、生气……孩子的表情最丰富。如果能拍摄到孩子最自然的表情或玩耍的样子，一定会成为令人难忘的珍贵作品。拍摄时使用长焦镜头，距离孩子稍微远一些，这样可以分散孩子对相机的注意力，捕捉到更自然的表情。另外，在不同季节拍摄下孩子的成长历程，就可以制成一本珍贵的影集了。

宾得 K-x·50 ~ 200mm F4-5.6ED·f5.0 自动（+1EV）

1 在秋天的公园中，孩子捡起地上的橡子给妈妈看。这是一个天真无邪的可爱女孩。利用长焦镜头使背景的树木虚化，形成闪闪发光的圆形光斑，营造出梦幻的感觉。由于逆光的缘故，需要增加一点曝光才能表现出柔和的肤色。

2 公园的正中央出现了一片积水，天气好的情况下，蓝天和女孩都会倒映在水中。其实很多时候都是自然成画，不仅是孩子的表情，还应充分抓住季节和周围环境的特点进行拍摄。这样的照片一定能够成为美好的回忆。

3 上图是使用特殊的鱼眼镜头拍摄的效果。这种镜头可以利用超宽广的视角使地面呈现圆形，产生意想不到的视觉效果。在公园或原野等宽敞的地方使用效果会更好。

让自己喜欢的
手提包变成相机包

女孩子出门的时候，包里会装着很多东西。

钱包、笔记本、化妆品、香水以及随时随地看的书，等等。从今天开始，把相机也放进包里吧！

经常听见有女孩子说："我也想带相机出门，可是一般的相机包总是不太喜欢，想找一个能和自己服装搭配的包包……"

没问题，只要在包中装上这种由厚海绵制成的隔断，就可以让自己喜欢的手提包变成相机包啦！

摄影地点：Four Seasons Natural Field

器材合作

[包 · 小物品]Vintage 手提袋 1243 元 / Rose 化妆水 168 元 / Scully 护手霜 252 元 / 木梳 160 元 / Scully 唇膏 109 元 / Ozone 毛巾 42 元 [相机 · 手带] 宾得 K-x 白色 / 皮革手带 白色（市场价）

*本书中出现的商品价格仅供参考，最终价格以实际购买时为准。

根据包的形状，可以选择各种大小的海绵隔断。

只要把隔断调整到适当的位置，带着镜头的相机也可以轻松放进去。

器材合作

[包]Orné左 · 244元/右 · 235元[海绵隔断]ETSUMI（意米）左 · Module Cushion Box A 橘色 218元 / 右 Soft Cushion Box S橘色 227元 [相机]宾得K-x 浅绿色（市场价）[肩带]皮革肩带 骆驼色 232元

选择和衣服搭配的相机包

最近，相机包的情况有所变化。

和过去不同，随着越来越多的女孩子开始使用数码单反相机，相机包的样式也变得丰富多彩起来。不仅是相机用品厂家，连一些时尚箱包品牌也开始生产相机包。除了装小型数码相机的背包式手提包，还有功能丰富的波士顿手提包，品种齐全，样式丰富多彩，也许你可以找到正好和自己衣服搭配的相机包。

照片①

照片③

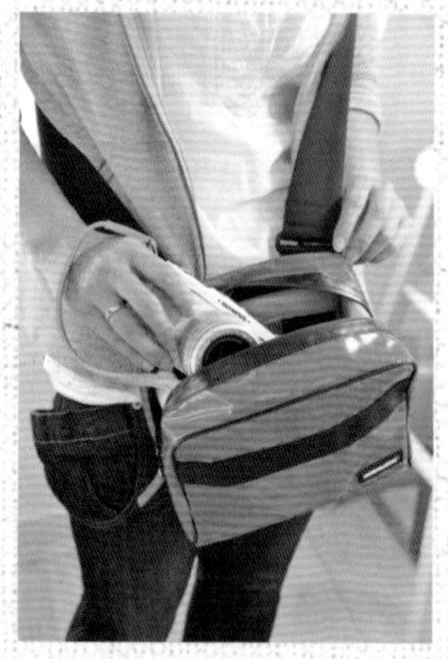

照片②

照片①左上 数码相机包 546 元 / 皮革肩带 193 元 右下 数码相机包 546 元 / 皮革肩带 101 元 [相机] 右 富士 FinePix F70EXR（市场价） 左 佳能 DIGITAL IXUS200 IS 紫色（市场价）/ 佳能皮革相机挂绳 200 元

照片② [包] 左 WCAM-500N（粉色） 1428 元 右 GDR-211C 1847 元 [肩带] 左 ACAM286 金色 714 元 中 ACAM-104SW 714 元（限量版） 右 ACAM-301（红色） 1008 元（以上出自品牌 ARTISAN&ARTIST） [相机] 左 奥林巴斯 E-P1（市场价） 中 宾得 K-x 白色（市场价） 右 富士 FinePix F70EXR（市场价）

照片③ [包] 左 jill 尼龙包 黄色 右 jill 皮包 红色（市场价）

用肩带改变相机的形象

如果你是一个喜欢打扮的女孩儿，你可以根据自己的喜好搭配相机肩带。相机自带的肩带显然太没有个性了，你可以去摄影器材用品商店里逛一逛。最近，漂亮的相机肩带随处可见，在网上也很流行。有蕾丝花边的、皮革的，有挂在肩上的，还有手提的，我们可根据自己相机的大小选择合适的相机肩带。

器材合作

[肩带] 从左向右顺时针 · HAKUBA pikusugia 皮套 689 元（尼康 D5000 专用）/ 皮革肩带 骆驼色 232 元 / 皮革肩带 棕色 312 元 / HAKUBA 颈带 海军蓝 143 元 / 中 · 宾得皮革手带 白色（市场价）[相机] 从左向右顺时针 · 尼康 D5000（市场价）/ 宾得 K-x 浅绿（市场价）/ 索尼 α700（市场价）/ 宾得 K-x 粉色（市场价）/ 中 · 宾得 K-x 白色（市场价）

要想拍得更漂亮，需要了解的事

只要按下快门就可以拍摄，可是如果想拍得更好该怎么做呢？“即使看了相机的说明书，由于术语太多，很多地方还是不明白。”经常会听到有人这样说。积极努力的你一定有很多疑问吧？不要着急，只要了解下面有关相机的一些基础知识，你就能够拍摄出更加出色的照片了。

要想照片不模糊，该怎样拿相机

第一次拿起数码单反相机，一定有很多人不知道该怎样拿、怎样看。有些人拿单反相机就像拿小型数码相机一样夹在两手之间，这样很容易把照片拍模糊。正确的方法是用左手从下面稳稳托住镜头。如果在下面几个方面再稍加留意，就一定可以拍出清晰的照片。请检查一下自己的拍摄姿势吧。

模特 / 坂卷 佑

站着拍摄的注意点

左手托起镜头，右手轻握手柄。如果在家中拍摄，可以靠在墙上，会更加稳定。

拍摄地点：Four Seasons Natural Field

拍摄餐桌上的料理和小物品

如果拍摄餐桌上的料理、蛋糕等小物品，可以把胳膊肘支撑在桌上，这样会更加稳固。

实时取景使拍摄更方便

使用数码单反相机的实时取景（Live view）功能可使拍摄变得非常便利。此时左手应托住从镜头到机身的底部，拍摄时两个胳膊要同时夹紧身体。

低角度拍摄

使用具有旋转式液晶屏的相机可以进行低角度拍摄。把双肘支撑在膝盖上，调整液晶屏的角度，就可用一个轻松且稳定的姿势拍摄贴近地面的物体。

拍摄时眼睛要紧贴取景器

如果粉底霜粘在了相机上，擦掉就可以了。可是，如果眼睛没有紧贴取景器（如下右图），不仅看不到整个取景画面，而且很有可能拍出模糊的照片。

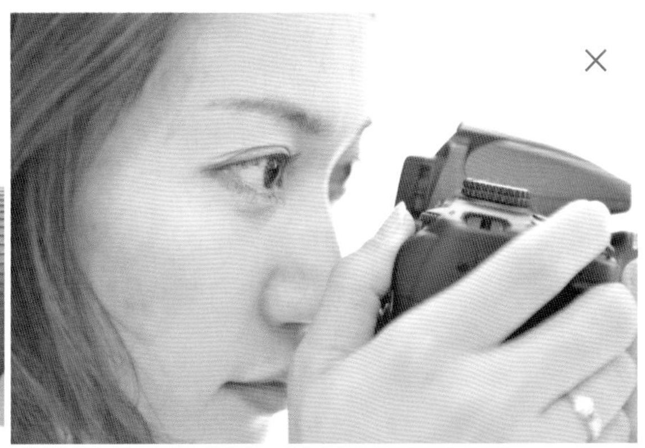

巧妙利用光线 ~寻找满意的光线~

碧海、蓝天、青山，顺光照射下的景物颜色最鲜艳；逆光照射下的物体边缘会闪闪发亮，还能使透光物体显得更加透明。充分利用各种光线的特性，就一定能够拍摄出让人心动的好照片。

摆放在窗边的玫瑰花，用逆光拍摄。午后的阳光照射在上面，透明的花瓣闪耀着光辉。

利用顺光拍摄出春光下明亮的氛围。以蓝天为背景，让樱花在画面中展开。

根据光线方向改变拍摄方法

光线的照射方向不同，拍摄方法也不同。拍摄同一个物体的时候，可以尝试一下运用不同方向的光线，分别用顺光、侧光、逆光拍摄，然后比较一下拍摄效果。

顺光

让蛋糕的正面接受光的照射，细微之处清晰可见。蛋糕的颜色很漂亮，但是缺乏立体感。

侧光

蛋糕的一侧由于光线照射而显得明亮，另一侧则形成了阴影，表现出立体感。

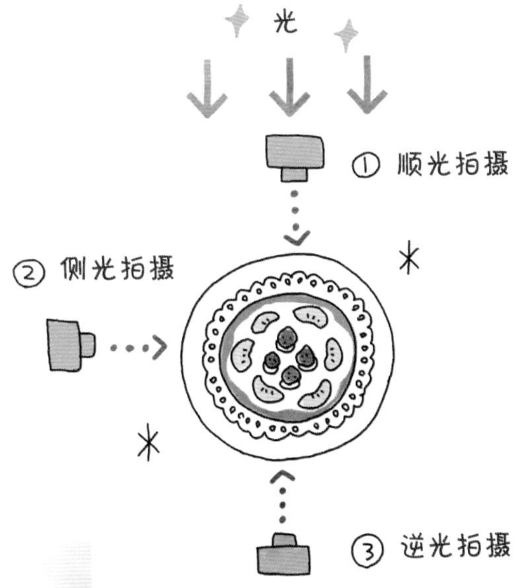

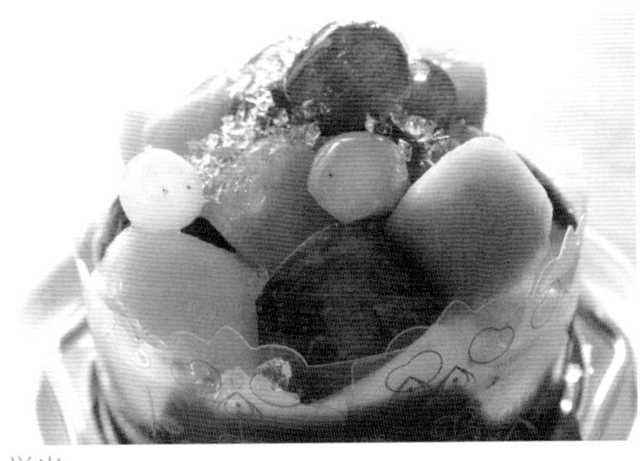

逆光

光线从蛋糕的背面射过来，突出了果粒闪闪发亮的感觉，旁边透光的绿葡萄表现出透明质感。

利用斜射光表现立体感

右上方窗户射进来的光线使糕点的表面和左侧形成阴影，体现出食物的质感和立体感。

路旁的雕像正好受到斜射光的照射。如果是正面受光，白色雕像的脸部容易因为光线太强而发白，从右侧斜上方照射过来的光线使雕像的面部轮廓分明，表现出很好的立体感。

从斜上方射过来的阳光，或者从窗户射进来的光线，由于光和影的界限分明，最能体现拍摄对象的立体感。圆形、白色或者容易泛白的物体，都可以利用斜射光表现出立体感。

利用透射光表现闪闪发亮的感觉

雨天在窗边放一个玻璃碗，窗外柔和的光线透过容器，淡淡的粉色很漂亮。

夕阳的光线透过大波斯菊的花瓣，闪闪发光。

从逆光的方向观察拍摄对象时，玻璃杯、花瓣等透光材质的物体经过光线透射会显得十分光鲜美丽，我们把能呈现这种效果的光叫作透射光。花瓣的透明感、水的发光感，这些明亮的特征在透射光的照射下会进一步凸显出来。不过，拍摄这种场景时要注意使用正向曝光补偿。

※ 关于“曝光补偿”，请参照第 84 页。

透射光是指穿过透明、单薄物体的光

强烈的直射光

在南部岛屿上遇见的牛群。蓝天、白云、绿色的田野，十分晴朗的好天气，画面充满活力。

把孩子高高举起的父亲。仿佛在蓝天上也能听到那欢快的笑声。

在晴朗的天气条件下，阳光直接照射到被摄对象表面，产生明亮的影调，这种光线叫作直射光。在直射光照射下的物体色彩分明，如果你想拍摄“蓝天和舒展的绿色大地”这样的景色并制成明信片，在晴朗的日子出去转转就一定会有收获。而在盛夏的炎炎烈日之中，我们还可以巧妙利用光影拍摄出有趣的照片。

直射光（硬光）

晴天日光

灯光

闪光

柔和的散射光

透过窗帘的光线，以及窗边阳光直射不到之处的光线都属于柔和的散射光。

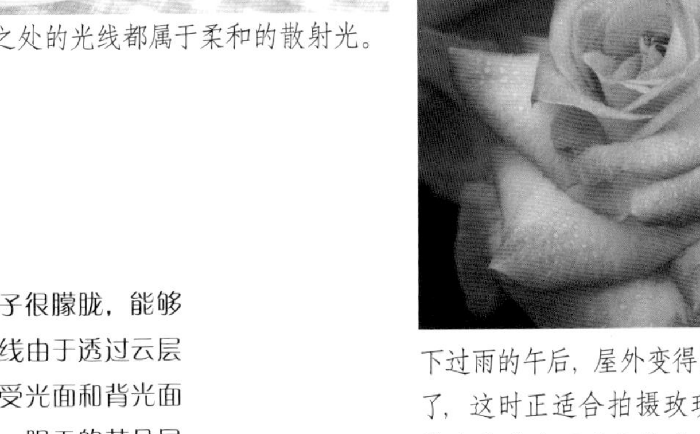

下过雨的午后，屋外变得明亮一些了，这时正适合拍摄玫瑰花。稍微有些昏暗而柔和的光线布满整个画面，体现出玫瑰的温柔可爱。

透过窗帘的光线照射在物体上，形成的影子很朦胧，能够使照片表现出柔和的感觉。阴天的太阳光线由于透过云层时发生了扩散，光线强度变弱，使得物体受光面和背光面过渡柔和，没有明显的投影。与晴天相比，阴天的花朵显得更加可爱，这时拍摄一定会拍到不少可爱的照片。

散射光（软光）

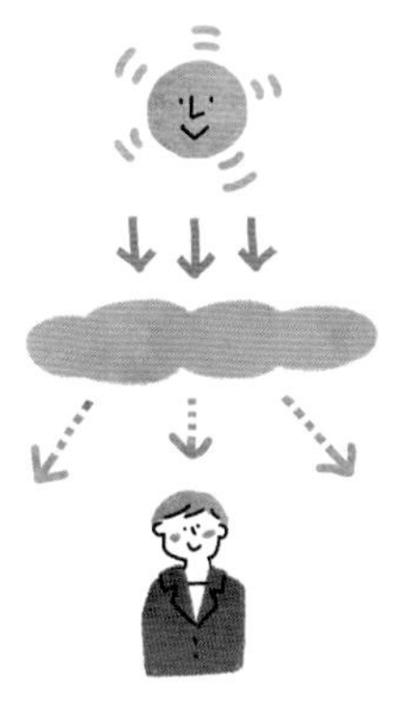

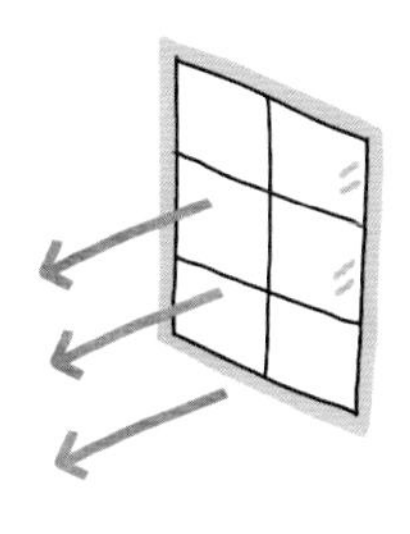

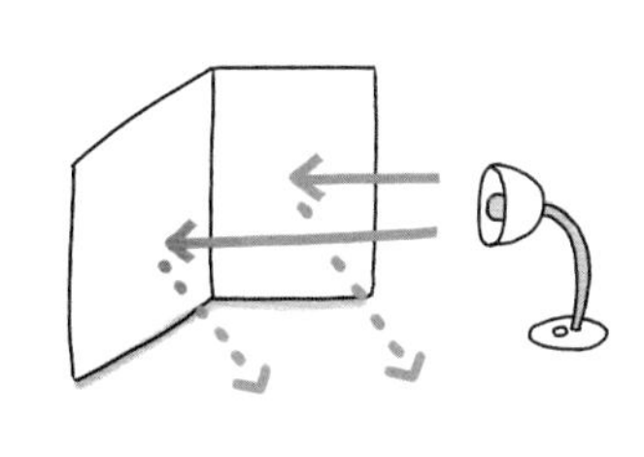

广角镜头和长焦镜头的差别

镜头的焦距各种各样，不同焦距所对应的拍摄方法和拍摄范围也不同。与人眼视觉效果最接近的焦距为50mm 左右，视角范围 46° 左右。通常来说，我们把焦距在 35mm 以下的镜头称为广角镜头，85mm 以上的镜头称为长焦镜头。

左边的照片是利用广角镜头拍摄的。同样大小的饼干，前面的显得大一些，而后面的茶杯则显得距离饼干很远。右边的照片是利用长焦镜头拍摄的。为了拍出同样大小的饼干，拍摄者采用了远距离拍摄的方法。从画面中可以明显看出，景深变浅了，饼干后面的部分已十分模糊。

广角镜头适合拍摄广阔的风景。由于近处的景物显得大，远处的景物显得小，因此使用广角镜头能够有效突出空间距离感，拍摄出深邃的画面。

被夕阳染红的广阔天空很有层次感，拍摄者使用焦距为 24mm 的广角镜头拍摄。如果镜头再稍微向上倾斜一些就更能体现出宽广的感觉。

捕捉向日葵花田中最漂亮的一朵。拍摄者使用焦距为 200mm 的长焦镜头拍摄。通过前后方向日葵的虚化，使被摄主体显得更加熠熠生辉。

长焦镜头的焦距越长，远处的物体就显得越大，并且拍摄对象的前后方越容易模糊，因此非常适合需要虚化效果的画面。在室外拍摄孩子或宠物时，最好带上一个焦距为 200mm 左右的长焦镜头，这会使拍摄变得非常容易。

水族馆的海豚。拍摄者使用焦距为 200mm 的长焦镜头拍摄。像这样不能靠近拍摄对象时，长焦镜头就可以发挥作用。

新发现！微观世界

我们把近距离拍摄小物体的方式叫做微距摄影。通过相机镜头看到的微观世界，是一个不同寻常，让人心动的世界。小型数码相机也有微距功能，但使用数码单反相机的微距镜头进行微距摄影，不到3cm的小狗玩偶也会产生让人陶醉的虚化效果，展现梦幻一般的世界。

小型数码相机
（富士 FinePix F70EXR）

虚化的感觉不强，说明小型数码相机的微距摄影能力十分有限。

18~55mm 镜头
（宾得 K-x）

利用标准变焦镜头的长焦端拍摄，把距离拉到最近，虚化效果比较明显。

100mm 微距镜头
（宾得 K-x）

利用 100mm 微距镜头，可以拍摄出和标准变焦镜头一样的微距效果。

100mm 微距镜头
最近拍摄距离

使用微距镜头可以更加靠近拍摄对象，这是以最近拍摄距离拍摄的微距效果。

特别定做的白银戒指。使用微距镜头可以把戒指内侧的小字拍得很清晰。

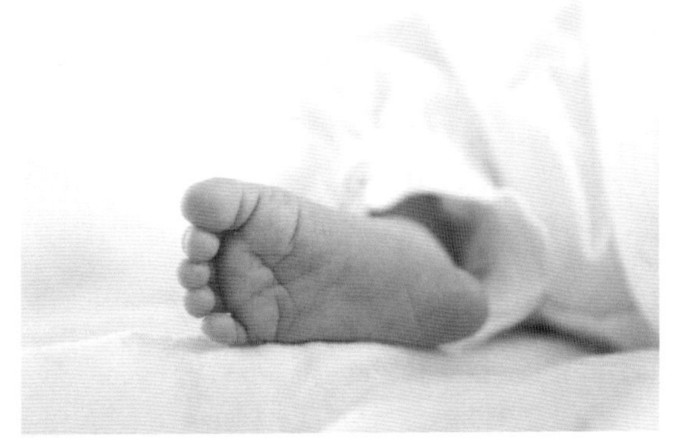

刚出生的婴儿的脚，非常小巧可爱。对着这只小脚来个特写！

下雨天，水滴停留花瓣上，晶莹剔透，像宝石一样。

窗外的光线透射过耳环，由于采用了特写的方法，更能体现出耳环闪闪发光的透明质感。

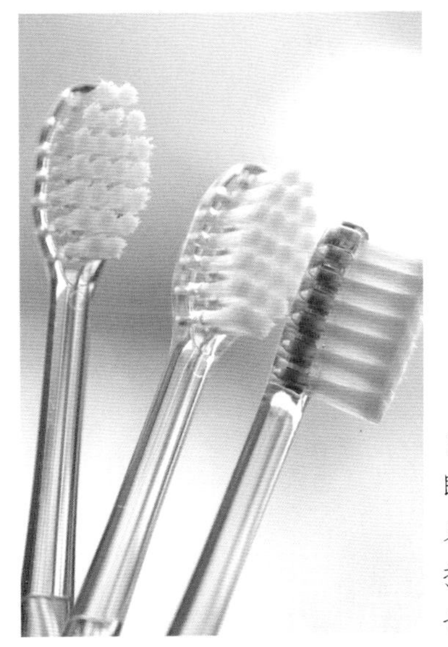

日常生活用品。即使是最普通的牙刷，近距离拍摄呈现的效果也很精彩。

耳环上的圆形宝石，显得十分小巧可爱。拍摄这样的小物体应充分发挥特写的优势，靠近被摄体拍摄。

虚化效果的照片

我们经常在杂志上看到这样的照片，除了焦点处的物体之外，其他地方都是一片模糊，给人一种朦胧感。一定有很多人想拍出这种效果的照片。如果你有数码单反相机，请放大光圈，感受虚化效果吧！下面是用不同光圈值拍摄的照片的虚化程度，大家可以比较一下。

调整这个数字

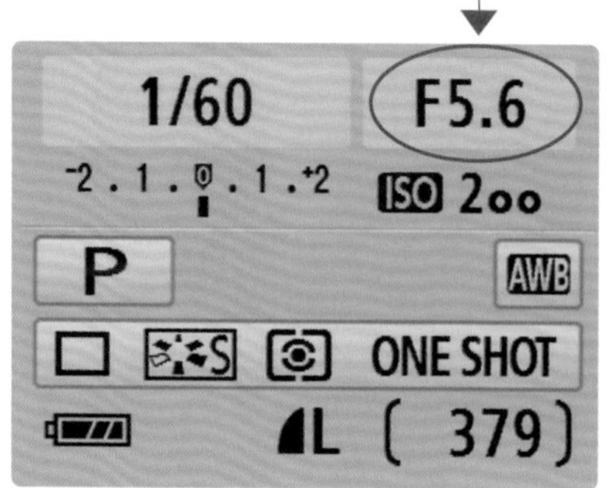

所谓放大光圈，是指将相机菜单中F后面的数字调小。光圈越大，虚化程度就越好。根据安装的镜头或有关设定不同，光圈值也会有所不同。以下为常见光圈值。

1.4、1.7、2、2.4、2.8、3.5、4、4.5、5.6、6.7、8、9.5、11、13、16、19、22

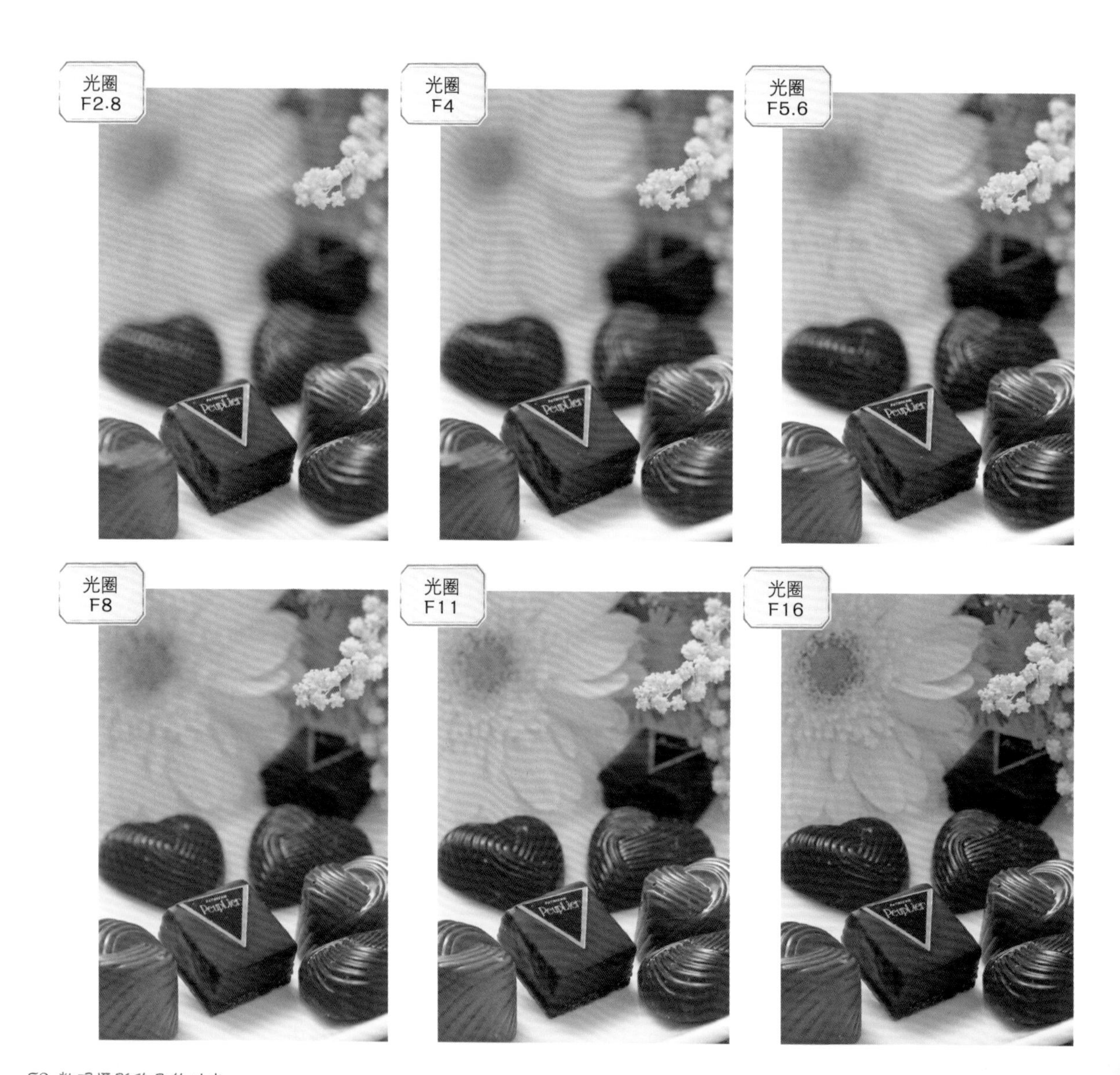

为了拍摄出具有虚化效果的照片，需要使用大光圈。所谓大光圈，就是把镜头的光圈值调到最小的状态。如果将光圈值设置成 F1.4，就可以拍摄出虚化效果很好的精彩照片。

如果想获得虚化的背景，最重要的是作为背景的墙壁一定要和拍摄对象保持距离，紧贴着墙壁是不会产生虚化效果的。另外，与广角镜头相比，长焦镜头能够更好地表现虚化效果。

利用曝光补偿拍摄漂亮的照片

数码单反相机都具有“曝光补偿”功能（通常表示为“☒”），可以用来调节画面的明暗程度。增加补偿画面会变明亮，减少补偿画面会变暗。试着利用曝光补偿功能设置自己喜欢的明暗度吧！下面的大波斯菊在 +1EV 的情况下能够表现出拍摄者想要的效果。

调节此处

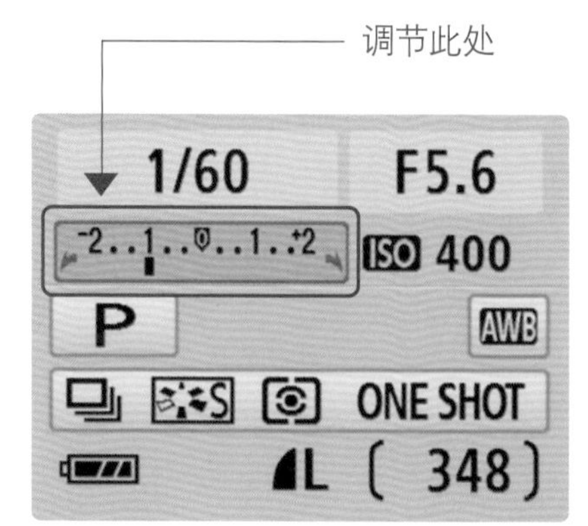

根据相机品牌、型号的不同，“曝光补偿”的设定方法也是各种各样，不过一般都是通过负向或者正向调节菜单上的刻度进行设定（左图中设定的状态是 -1EV）。

−1 EV

−2 EV

0 EV

+1 EV

+2 EV

颜色偏黑的拍摄对象应采用负补偿

奥林巴斯 E-P1 · ED14 ~ 42mm · f4.5 自动（-1.3EV）

拍摄颜色偏黑的物体，照片会显得比实际要亮。因此，黑色物体拍摄出来就不是黑色，而是偏灰色。为了保持黑色的风格，我们需要采用曝光负补偿。通常设置成 -1EV 左右正好能恢复到物体本来的黑色。如果不知道补偿的数值设置成多少合适，可以改变数值多试几次，再从中挑选效果最好的一张。

颜色偏白的拍摄对象应采用正补偿

尼康 D700 · 28 ~ 75mm · f2.8 自动（+0.7EV）

拍摄颜色偏白的物体，照片会显得比实际要暗。如果不使用曝光补偿，白色物体会变成灰色。使用曝光正补偿就可以表现出清爽的白色。拍摄明亮的粉色、柠檬黄色的被摄对象时也应进行正补偿。另外，在窗边逆光拍摄时，受窗外高光的影响，也有必要使用曝光正补偿。

具有厚重感的暗调照片

奥林巴斯 E-P1 · ED14 ～ 42mm · f6.3 自动（-1EV）

对于有些拍摄对象，使拍摄出来的画面颜色和物体的本色不同，更能体现出美感。如上面这幅照片所示，采用普通的拍摄方式不但不能表现出皮椅的复古感，反而显得很廉价。如果将曝光补偿设置成 -1EV，降低画面亮度，利用增强的光影效果就可以很好地表现出皮椅的厚重感，获得想象中的效果。我们把这种类型的照片叫作“暗调”照片。

明亮清爽的明调照片

奥林巴斯 E-P1·ED14 ~ 42mm·f4.5 自动（+1.3EV）

通过增加曝光补偿，使照片的颜色比实际更白、更清爽，这种类型的照片叫作“明调”照片。但如果照片的颜色过于发白就是曝光过度了，因此要有意识地选择明亮的拍摄对象，才能拍摄出明调照片。如果本来的画面中存在暗色调，当整体变亮时，就会体现出节奏感。上面这张照片的墙壁部分有些暗，利用曝光正补偿使黄色的墙壁变亮，衬托出黄绿色的树叶。

利用白平衡改变颜色

数码相机最大的特点就是可以改变白平衡（WB）。所谓白平衡功能，就是根据拍摄时的光线，设定相应的白平衡模式，使照片能够准确还原出被摄对象的真实色彩。自动白平衡（AWB）是指根据现场光线情况，相机自动调节色彩平衡的功能。如果想更加精确地调整色调，可以选择符合现场光源情况的白平衡模式，比如在白炽灯下拍摄可选择“白炽灯”模式。

白平衡设定界面
在相机的白平衡设定界面上进行模式选择（左图设定为日光模式）。根据相机品牌、型号的不同，设定方法也有所不同，但是显示的项目是基本一致的。

AWB
“AWB”
模式拍摄效果

“日光”
模式拍摄效果

“阴影”
模式拍摄效果

“阴天”
模式拍摄效果

“白炽灯”
模式拍摄效果

“荧光灯”
模式拍摄效果

“闪光灯”
模式拍摄效果

※ 拍摄场景为晴天室内的窗户旁

改变白平衡，把料理拍得更美味

日光模式

AWB（自动）模式

白炽灯模式

很多人在餐厅吃饭时都想把美味佳肴拍摄下来，可是餐厅内的光线不是太强就是太弱，拍摄效果总是不好。在白炽灯的照射下，如果选择日光模式，拍出来的照片一定会发红，即使用AWB（自动）模式也不能准确还原食物的颜色。此时如果使用白炽灯模式拍摄，相机会有效补偿红光，使料理的颜色看起来更真实，更美味。

使用白炽灯模式拍摄

宾得 K20D · DA 70 mm · f3.5 自动（+0.5EV）· 白平衡：白炽灯模式

白平衡的作用就和各种颜色的滤光镜一样，这张照片就是利用了蓝色滤光镜的效果。将白平衡设置成白炽灯模式，在阳光下拍摄。花束整体泛着蓝光，仿佛沐浴在清晨的阳光下。

使用白色荧光灯模式拍摄

窗外射进来温暖的自然光，方格花纹布上摆着饼干。为了体现饼干温暖朴素的颜色，将白平衡设置成能够突出粉色的白色荧光灯模式。有些相机的荧光灯模式有 3 种类型，拍摄樱花时也可以使用这种突出粉色系的白色荧光灯模式。

宾得 K20D · D FA 100mm Macro · f3.5 自动（+0.5EV）· 白平衡：白色荧光灯模式

艺术渲染——
用相机处理图像

现在一些数码单反相机具备了可以不借助电脑直接处理图像的功能，例如宾得的数码滤镜、奥林巴斯的艺术滤镜等。这些独特的功能不仅可以将数码照片处理成传统胶片照片的风格，还可以制作更多更丰富的效果。这真是一项令人兴奋的功能，如果自己的相机有这样的功能，请赶快尝试一下吧！

柔和模式

窗边的光线扩展开来，烘托出柔和、梦幻的氛围。

i-ENHANCE模式

强调都市夜景韵味，色调富有流行艺术风格。

水彩画模式

与其说这是一张照片，不如说这是一幅画，仿佛是根据照片创作的一幅水彩画。

玩具相机模式

周边的光亮褪色，仿佛时光倒流，神秘莫测。

色彩提取模式

广阔的大波斯菊花田，只抽出花的颜色。单独强调花朵，烘托出独特的氛围。

可以制作艺术照的店铺

不仅是数码相机，胶片相机拍出的照片也毫不逊色。冲洗普通底片的时候，只要你把冲洗方法告诉店里的工作人员，就可以冲印出不可思议的色彩效果，这叫做“色调选择”。普通底片的颜色范围本来就很广，很容易再现微妙的颜色。如果能找到合适的店铺，请一定试一试，也许你可以获得一张数码相机难以实现的风格独特的照片。

把狗狗玩耍的照片制作成怀旧风格。冲印时加入少许黄色(Y)，照片即体现出浓浓的怀旧风格。

怀旧

照片给人一种怀旧的印象，比基本风格的对比度、饱和度要低。

基本

没有改变基本的色调和饱和度，在这种状态下可以加入青色(C)、绿色(G)。

色彩鲜明

饱和度很高，色彩鲜明。整体上有偏蓝色（B）的倾向。如果再多加点蓝，突出蓝色的印象也很漂亮。

亮色调

照片整体都是亮色调。与用相机的曝光补偿功能产生的亮色调相比，其不同之处是黑色部分仍保持黑色，只有明亮的部分发白。

黑白

把彩色底片制作成黑白照片。如果加上红色，画面会显得更加有趣。

合作：Kjimaging Spot http://www.kjimaging.co.jp/spot/

拍出好照片的利器——

数码单反相机 & 打印机

○相机的大小、重量仅指机身
○打印机大小指关闭状态

奥林巴斯
首款单电数码相机!

奥林巴斯E-P1

可以随身携带的小型轻量化机身，造型时尚，适合在街上散步时使用。6种艺术滤镜独具魅力。

○大小：120.5mm × 70.0mm × 35.0mm
○重量：约335g

优越的操作感和扩展性!

奥林巴斯E-P2

在E-P1的基础上配备了多功能数据接口，可外接VF-2电子取景器（与E-P2捆绑销售）和外部Microphone。

○大小：120.5mm × 70.0mm × 35.0mm
○重量：约335g

自由角度旋转的
液晶显示屏!

奥林巴斯E-620

小型轻量的机身加上可翻转液晶屏，使拍摄变得更加便利。艺术滤镜包围曝光功能可一次性拍摄3种艺术滤镜效果，为用户提供更多选择。

○大小：130.0mm × 94.0mm × 60.0mm
○重量：约475g

最强性能入门单反!

佳能EOS 550D

1800万像素，画面细节优秀。常用ISO感光度为100～6400，可延展至12800，在傍晚或昏暗的室内都可以轻松拍摄。

○大小：130.0mm × 97.0mm × 76.00mm
○重量：约530g

轻快便携，
α系列最轻量的小型机身!

索尼α230

清晰的帮助指南和图表化显示，即使初次使用单反相机的人也能够轻松上手。使用方便，可靠放心。

○大小：128.0mm × 97.0mm × 71.4mm
○重量：约450g

“快速自动对焦实时取景”功能

索尼α330

“快速自动对焦实时取景”功能，使拍摄者可以像使用小型数码相机一样看着液晶屏拍摄，机身颜色有黑色和高贵的棕色两种。

○大小：128.0mm×97.0mm×71.4mm

○重量：约490g

**取景器和液晶屏
实时自动切换**

Panasonic LUMIX G1

独特的眼部感应器可实现取景器与液晶屏之间的自动切换。高达114万像素的电子取景器（EVF）实际效果与光学取景器不相上下，在昏暗环境下更容易取景。

○大小：124.0mm×83.6mm×45.2mm

○重量：约385g

**单反的表现力，
挑战高清！**

Panasonic LUMIX GF1

小巧、轻便的单电数码相机，可以放进平时使用的手提包里，便于携带，女性也能够轻松握持。视频拍摄性能优异，具备超越大多数消费级高清DV的上佳水准。

○大小：119.0mm×71.0mm×36.3mm

○重量：约285g

**“引导模式”
帮助新手轻松使用**

尼康D3000

旋转模式转盘到“引导模式”（GUIDE）即可打开引导菜单，通过引导菜单不但可以轻松查看相机的设置、存储卡中的照片，还可以借鉴其中的一些拍摄技巧。

○大小：126.0mm×97.0mm×64.0mm

○重量：约485g

拍摄角度自由自在！

尼康D5000

通过与实时取景功能结合，可以轻松实现低角度、高角度拍摄，让摄影变得更有乐趣。

○大小：127.0mm×104.0mm×80.0mm

○重量：约560g

**100种颜色，
总有一种满足你！**

宾得K-x

可以轻松握在手中的小巧机身，不仅轻巧便于携带，而且凝聚着高性能，一只手就可以轻松完成大部分操作。

○大小：122.5mm×91.5mm×67.5mm

○重量：约515g

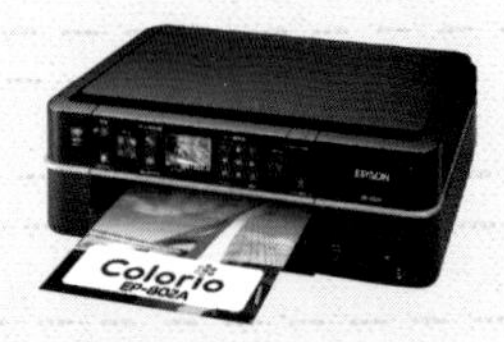

可以作为艺术品的打印机

爱普生EP-802A

具有无线局域网功能的复合型打印机。6色高保真、轻薄机身设计，极具艺术品位，即使作为艺术品摆放在家中也不为过。

○用纸规格：L～A4

○大小：446.0mm×385.0mm×150.0mm

**快乐浏览、
快乐打印的打印机**

爱普生E-600

7.0英寸大屏幕可以和家人、朋友一起轻松分享照片。不仅可以直接在打印机上调整色偏，还可以根据人物和背景自动进行色差修正。

○用纸规格：明信片、L

○大小：228.0mm×158.0mm×192.0mm

轻松拨盘，轻松打印

佳能PIXUS MP640

具有PictBridge、无线局域网功能的复合型打印机。全新的“轻松拨盘”（Easy-Scroll Wheel）设计使各种操作直观易懂，带给你超乎寻常的打印享受。

○用纸规格：L～A4

○大小：450.0mm×368.0mm×176.0mm

摄影取材・器材合作

★ ARTISAN&ARTIST
http://www.aaa1.co.jp/

★ etsumi
http://www.etsumi.co.jp/

★爱普生
http://www.epson.jp/

★奥林巴斯
http://www.olympus.co.jp/jp/

★佳能
http://canon.jp/

★ kjimaging spot
http://www.kjimaging.co.jp/spot/

★ kenko-professionalimaging
http://www.kenko-pi.co.jp

★尼康
http://www.nikon.co.jp/index.htm

★ hakuba 照片产业
http://www.hakubaphoto.co.jp/

★ PCM 竹尾
http://www.pcmtakeo.com/

★富士胶卷
http://fujifilm.jp/index.html

★ HOYA PENTAX Imaging · System 事业部
http://www.PENTAX.jp/japan/index.php

★ 203 Camera Straps.
http://203.shop-pro.jp

★ Bleu Bleuet GENERAL STORE 自由之丘店
邮编：152-0035 东京都目黑区自由之丘 1-8-19merusa 自由之丘 Part22F
TEL. 03-3724-0709
http://www.bleubleuet.co.jp/shop/shoplist/shoplist_jiyuugaoka.html

★ BROCANTE
邮编：152-0035 东京都目黑区自由之丘 3-7-7
TEL. 03-3725-5584
http://www.brocante-jp.biz/

★ Four Seasons Natural Field
邮编：351-0014 埼玉县朝霞市膝折町 1-15-6
TEL. 048-462-2675
http://blogs.yahoo.co.jp/natural_field1999

★ Raconte-moi
邮编：152-0035 东京都目黑区自由之丘 2-15-22
TEL. 03-5731-6330
http://www.raconte-moi.jp/

★室内装饰专家 · 佐藤贵予美
自然色的生活～自制家具 http://petipetit.exblog.jp/

★手工艺品创作者 · 吉田靖子
AT Y' S http://atelys.incoming.jp/

★模特：坂卷 佑
http://yaplog.jp/yuphoto/

特别鸣谢

★ Green finger<P16>
http://www.interq.or.jp/mars/chaxtuco/

★野村 midori<P32-35>
http://petitlapine.fc2web.com/

★ Cattery Precios Angel<P36-37>
http://www.geocities.jp/fukumanekufuku/index.html

★ FEEL PROUD（P38-39）
http://blogs.yahoo.co.jp/maririn1967

★发型设计（P58-59）
嘉手川 yukari

★铃木理菜 <P58-59>

★龙先生一家 <P60-61>

★真出喜 <P62-63>

◎插图
高村步
生于 1980 年，居住在东京。
以书籍、网络、广告等为中心的插图画家。
她的画不分类别，全部都以“和缓”为主题。
http://www.yururira.com/

园江
生于新泻县。毕业于东京造型大学，之后进入 ADFOCUS 有限公司。
2003 年成立“Lightinguz”工作室，以广告摄影为中心，拍摄海报、小册子等，同时在各种摄影学校传授摄影的乐趣与喜悦。
她拍摄的照片华丽可爱，体现出女性的世界观。作品随时公开在她的摄影博客中（http://lightinguz.com/）。